À tous ceux qui, comme moi, aiment profondément à la fois l'imaginaire occidental et l'esthétique asiatique.
Mon rêve est d'unir ces deux univers, aussi j'espère que ce livre vous fera rêver !
Merci à Fleur D. d'avoir apporté sa touche divine ♡

Rosalys.

Cet ouvrage est dédié à mes proches, ma famille et mes fans qui m'ont toujours soutenue.
Je tiens à remercier Alrik (mon chiri d'amur) et Buni pour m'avoir aidée sur les aplats des illustrations.
Merci également à Rosalys sans qui ce projet n'aurait jamais vu le jour.

Fleur D.

DIVINES

LES BEAUTÉS DE LA MYTHOLOGIE CLASSIQUE

TEXTE
ROSALYS

ILLUSTRATIONS
FLEUR D.

Magical **MGirl** ★ **Collection**

Univers Partagés ★ **Éditions**

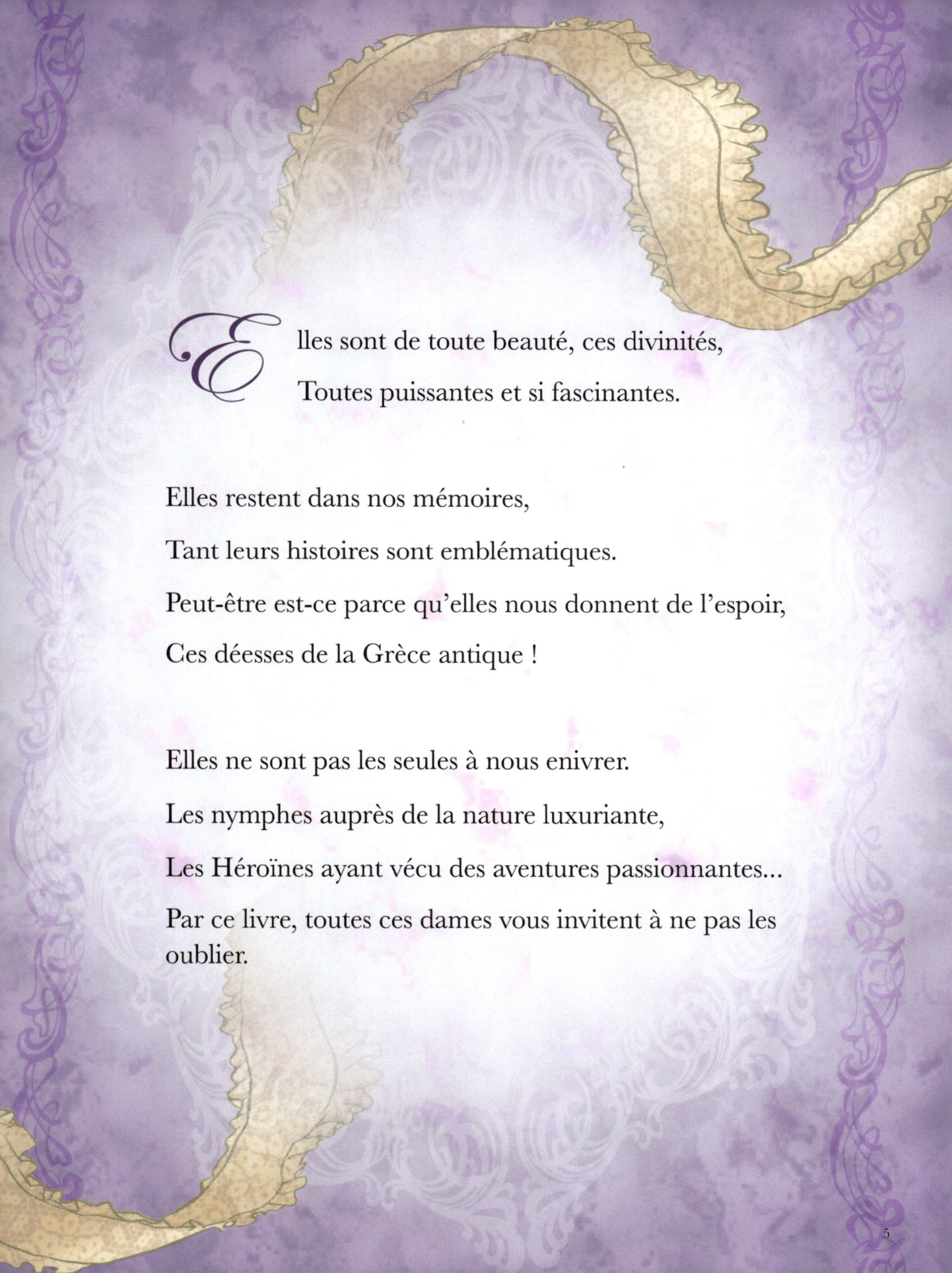

*E*lles sont de toute beauté, ces divinités,

Toutes puissantes et si fascinantes.

Elles restent dans nos mémoires,

Tant leurs histoires sont emblématiques.

Peut-être est-ce parce qu'elles nous donnent de l'espoir,

Ces déesses de la Grèce antique !

Elles ne sont pas les seules à nous enivrer.

Les nymphes auprès de la nature luxuriante,

Les Héroïnes ayant vécu des aventures passionnantes...

Par ce livre, toutes ces dames vous invitent à ne pas les oublier.

Table des matières

Les déesses grecques

Grandes maîtresses du monde d'autrefois,

Ces femmes sont supérieures à tout,

Et à la fois si proches de nous,

Le cœur toujours en émoi.

Je suis la mère de toute chose,

C'est par moi que tout a commencé.

Je suis la Terre. Oui, là où vous vivez.

Avec moi, le Chaos n'est plus.

J'ai créé le Ciel et les Titans,

Mais aussi les Monstres et les Géants.

Je suis Gaïa, la déesse primordiale.

Je suis la mère universelle,

Celle qui vous apporte l'abondance,

Mais aussi celle qui rappelle à elle les morts.

Ne soyez pas intimidé,

Par une telle dualité.

Vous êtes la plus belle création

Issue de mes réalisations.

Fille de Gaïa, je suis une Titanide.

Mes enfants sont des dieux,

Vous les connaîtrez bientôt mieux.

J'ai gouverné le monde,

Et surtout, j'ai tout fait pour

Que mes enfants puissent régner à leur tour.

Je suis Rhéa, la mère des dieux.

Fille de Rhéa, sans moi plus rien ne va :

Plantes, animaux et hommes cessent leur croissance.

Mais dès que je suis en paix, chaque dur labeur porte ses fruits.

Je suis Déméter, la déesse de

la végétation et de la fertilité.

Rassurez-vous, j'aime plus que tout la terre et les champs.

J'enseigne volontiers l'art de l'agriculture,

Et si vous voulez me faire plaisir,

Offrez-moi un bel épi de blé.

Fille de Rhéa, mon époux est Zeus.

J'avoue que je suis plutôt jalouse.

Mais avouez qu'il y a de quoi !

Ce dieu du ciel n'a cessé de séduire

D'autres déesses, et même des mortelles.

N'ayez crainte chères demoiselles,

Je suis votre protectrice.

Je suis Héra, la déesse du mariage et de la fécondité.

Fille d'Héra, je suis l'affection, la chaleur dans votre cœur.

Ma splendeur déclenche toutes les ardeurs.

Je suis Aphrodite,
la déesse de la Beauté.

Je viens de l'écume de la mer, le vent m'a effleurée

Et sur un magnifique coquillage m'a déposée.

Sachez que je suis la plus belle,

Ne venez pas me chercher querelle,

Car je suis autant aimée que redoutée.

Mon frère jumeau est Apollon, le dieu du Soleil,

Avec Séléné et Hécate, je suis l'une des déesses de la Lune.

Par-dessus tout j'aime les animaux, les cerfs, les biches,

Je veille sur eux dans la nature si riche,

À travers les forêts et dans les montagnes,

Avec les nymphes, mes fidèles compagnes.

Je suis Artémis,

la déesse de la nature sauvage.

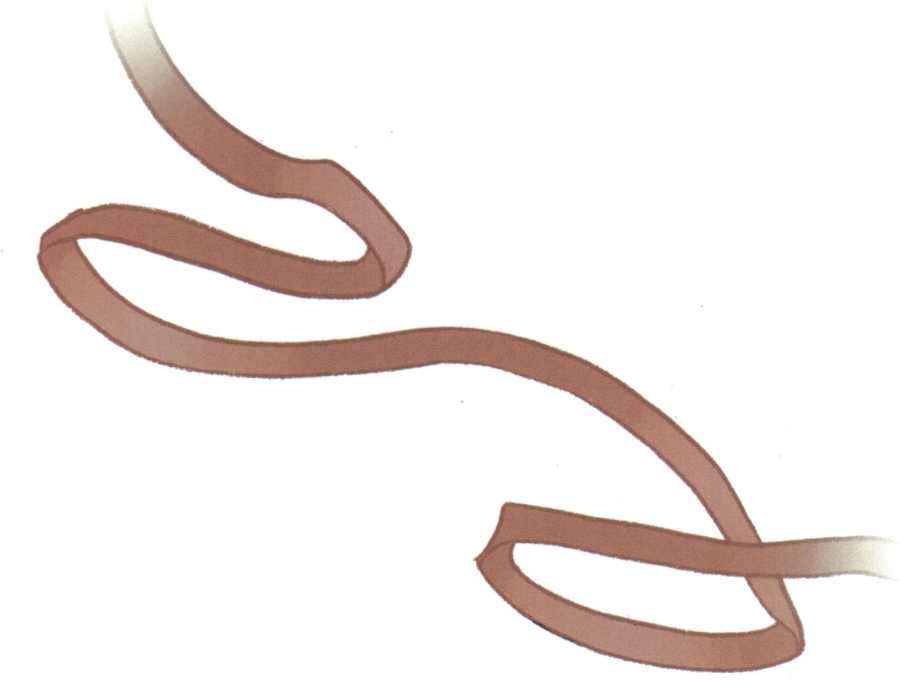

Je suis Athéna,
la déesse de la guerre.

Je suis née en poussant un cri de guerre

Depuis la tête de Zeus, sans avoir de mère.

Pour autant, je suis protectrice envers les humains,

Les Héros et les Athéniens.

Si vous connaissez leurs exploits, c'est que j'ai été leur complice,

À Bellérophon, Jason, Héraclès, Persée, Oreste ou encore Ulysse.

Je suis entièrement sagesse,

Et dans chaque art je n'ai aucune faiblesse.

Épouse de Hadès, je vis avec lui la moitié de l'année aux Enfers.

Fille de Déméter, je reviens l'autre partie de l'année auprès de ma mère.

Mon retour à la vie marque les saisons, bien sûr ma mère en est la raison.

Le printemps et l'été, le blé vit sa résurrection avec moi.

L'automne et l'hiver, je vis avec ceux qui passent à trépas.

Je suis Perséphone,
la déesse de la mort.

Je suis la première que vous voyez au petit matin,

Car j'annonce la venue du jour.

Je suis Éos, la déesse de l'Aurore.

Sans doute aimez-vous voir dans le ciel

Mon frère, le Soleil, ou mes filles, les Étoiles.

Je suis Mnémosyne,
déesse de la mémoire.

Grâce à moi, vous pouvez méditer sur chaque chose par des mots,

Mais surtout vous connaissez les charmes de mes enfants,

Car je suis la mère des Muses.

Les nymphes

Divinités de la nature,

Elles sont protection et inspiration

Grâce à leur bienfaisance et leur insouciance.

Neuf filles de Mnémosyne,

Nous sommes les égéries de l'Art

Et les sources d'inspiration de toute poésie.

Nos danses ravissent les dieux,

Nos chants sont ce que vous entendrez de mieux.

Nous sommes les Muses.

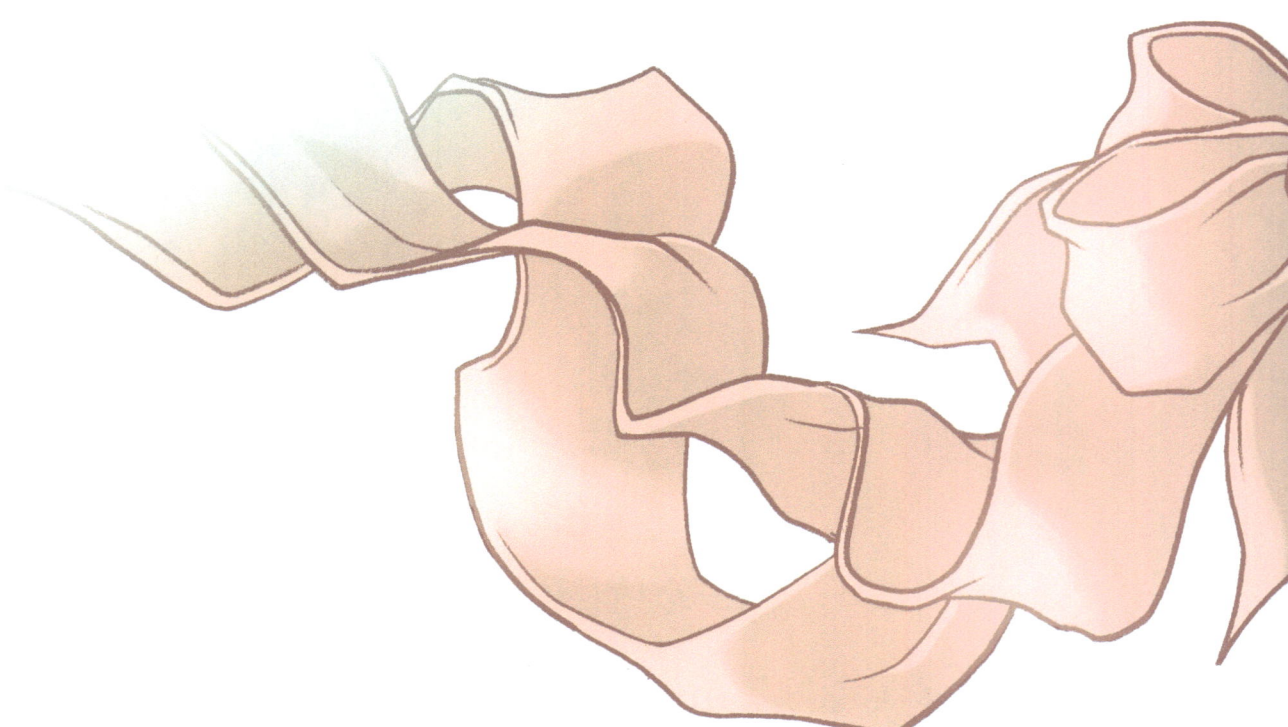

Guérisseuses et éleveuses,

Nous faisons pousser les fruits et les fleurs.

Esprits doux et bienveillants,

Nous prenons soin de vous, chers mortels.

Nous sommes les Naïades, nymphes des sources.

Nous formons le cortège de Poséidon, le dieu des mers.

Les dauphins nous transportent,

Les perles et le corail sont nos bijoux.

Peut-être connaissez-vous Thétis, l'une d'entre nous,

Qui a tenté de rendre invulnérable son fils, Achille,

En le plongeant dans un fleuve par le talon.

Nous sommes les Néréides, nymphes de la mer.

Gardiennes des lacs et des fleuves,

Nous sommes trois mille filles.

Nous sommes les Océanides, nymphes des eaux.

Compagnes de jeu des déesses et des dieux,

Nous sommes belles, mais pas éternelles.

Habitant dans les grottes,

Gravissant les cimes rocheuses,

Nous formons le cortège d'Artémis.

Nous sommes les Oréades, nymphes des montagnes.

Un peu timides, volontiers danseuses,

Nous sommes la force des forêts.

Nous sommes les Dryades, nymphes des arbres.

Vous connaissez sûrement une des Dryades : Eurydice.

Son époux, Orphée, est allé jusqu'aux Enfers pour tenter de la ramener à la vie,

Si seulement il ne s'était pas retourné trop tôt !

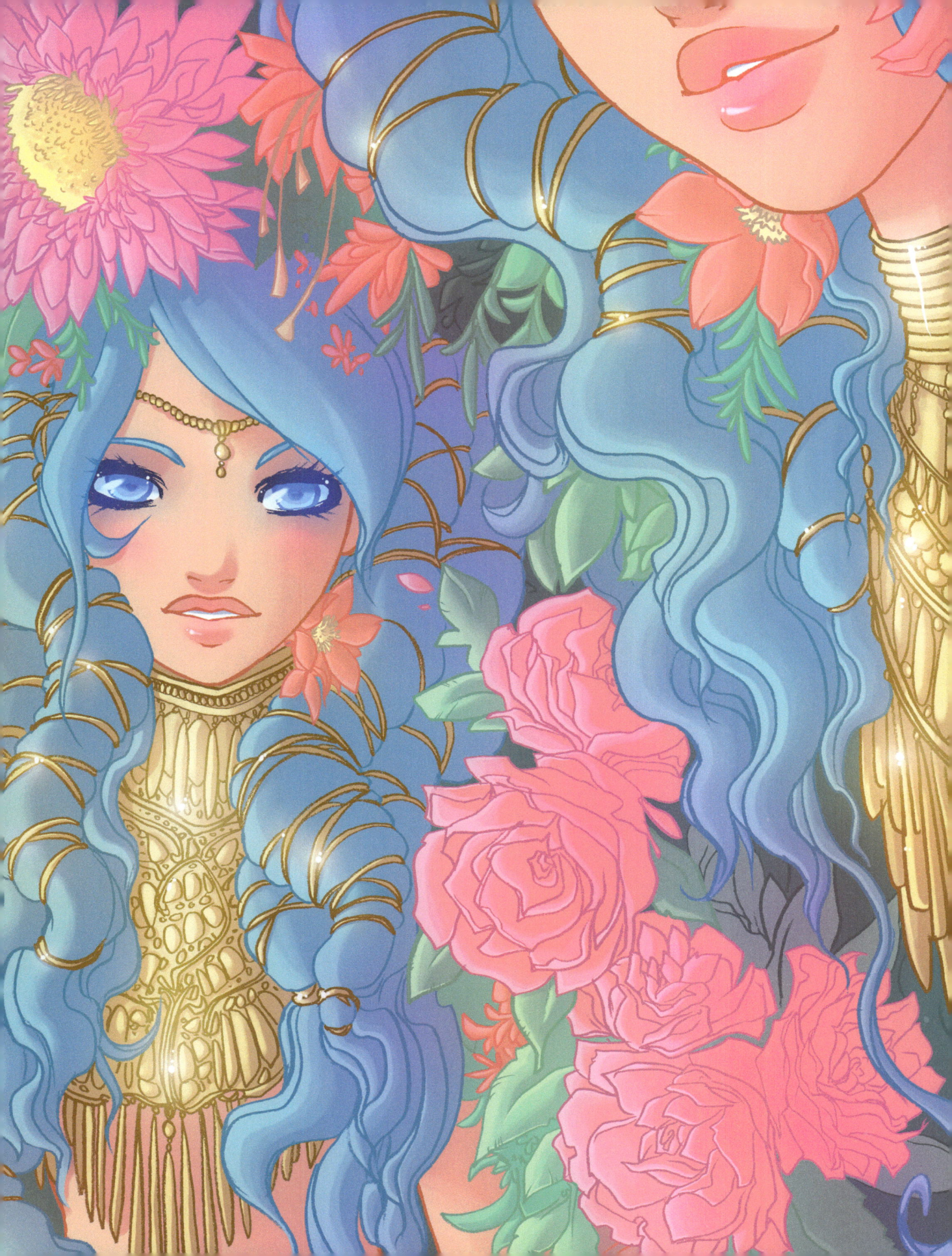

Sept sœurs d'une grande beauté,

Nous regardez-vous, scintillantes dans le ciel ?

Nous sommes les Pléiades, nymphes célestes.

Pour nous sauver d'Orion, les dieux nous ont transformées

En blanches colombes, dans la constellation du Taureau.

Les Héroïnes

Simples humaines, sans pouvoir divin,

Elles n'en sont pas moins des êtres de valeur,

Leurs exploits étant d'importante ampleur.

Promise à celui qui accomplirait l'exploit

D'atteler un lion et un sanglier à un char,

Je suis devenue une épouse dévouée.

Je suis Alceste, femme d'Admète.

Donner ma vie en échange de celle de mon mari

Est ce que j'ai accepté par amour.

En proie à la colère d'Artémis mais aidé d'Apollon,

Mon époux a pu ressusciter et me retrouver en vie,

Car Perséphone a aimé mon dévouement.

Princesse aux belles boucles,

Je suis Ariane, fine et astucieuse.

Mon fil est célèbre car, grâce à lui, il est possible de déjouer

Un inventeur capable d'enfermer le Minotaure !

C'est ainsi que je remis un écheveau de fil à Thésée,

Qui réussît à s'échapper du redoutable labyrinthe de Dédale.

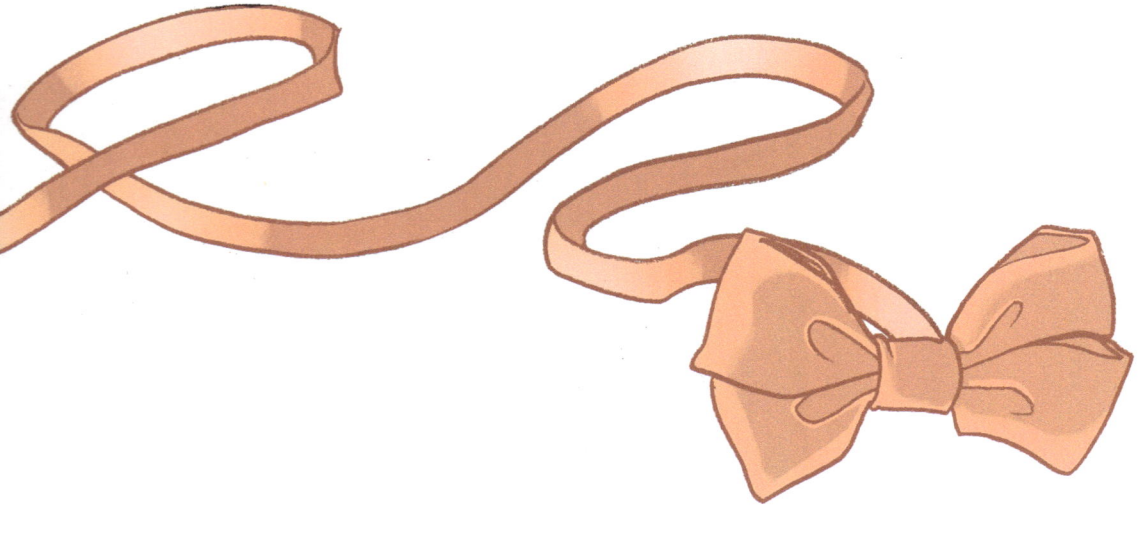

Je suis Atalante, championne en chasse.

Personne ne peut me vaincre

Sans l'aide des dieux.

Courtisée mais ne voulant pas me marier,

J'ai imposé comme condition de me battre à la course.

Il a fallu l'appui d'Aphrodite et les pommes d'or

Pour que Mélanion obtienne ma main.

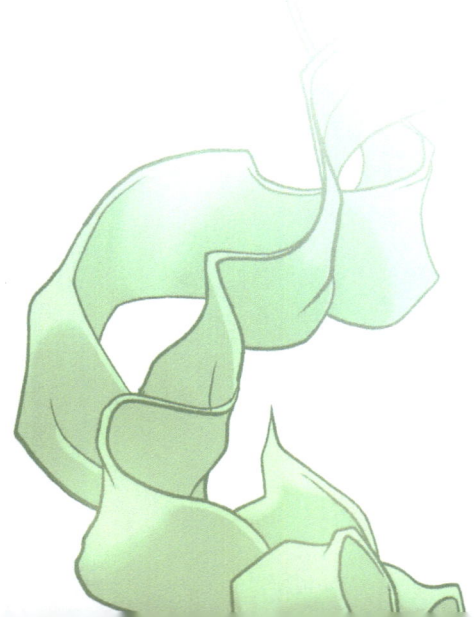

Je suis Psyché, princesse d'une telle beauté

Qu'Aphrodite y a vu une rivalité.

Pour voler mon cœur, elle a envoyé son fils, Éros.

Ce fut en fait un beau cadeau !

Car entre le dieu de l'Amour et moi,

Le coup de cœur fut immédiat et mutuel à la fois.

Si Zeus m'a donné et interdit d'ouvrir la boîte de tous les maux,

Héra m'a incitée à vaincre mes peurs pour découvrir ce qui était scellé.

Première femme mortelle créée par les divinités,

Je suis Pandore, rien ne surpasse ma curiosité.

C'est ainsi que j'ai ouvert la boîte si mystérieuse,

Et que, malgré moi, du bien comme du mal,

J'ai fait don de tout à l'humanité.

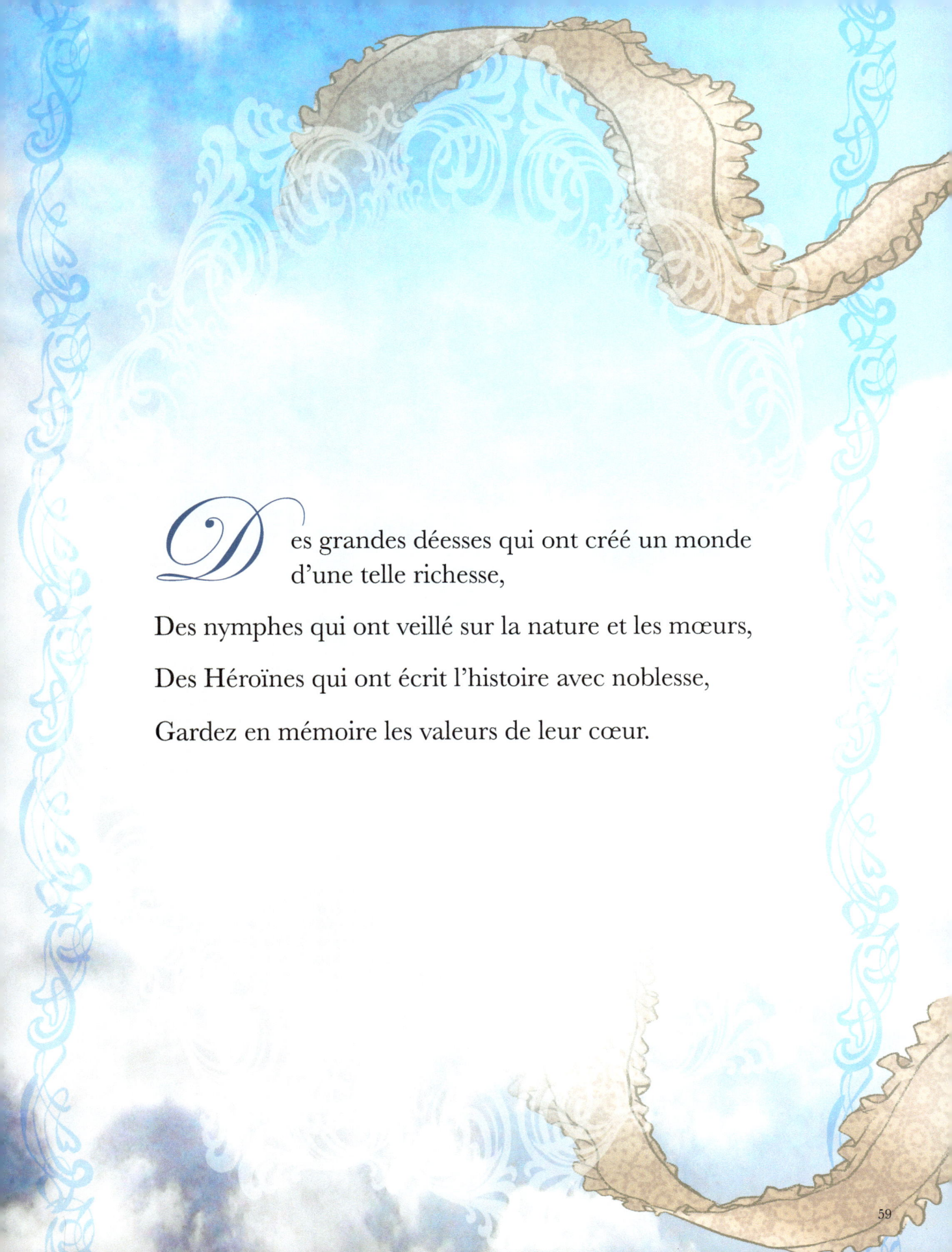

Des grandes déesses qui ont créé un monde
d'une telle richesse,

Des nymphes qui ont veillé sur la nature et les mœurs,

Des Héroïnes qui ont écrit l'histoire avec noblesse,

Gardez en mémoire les valeurs de leur cœur.

Du même auteur chez Univers partagés éditions :

Auteur-illustrateur de :

• *Fraisie, la magie de la pâtisserie* - Album jeunesse

Illustrateur de :

• *Workaholic* - Bande dessinée

Également :

Auteur-illustrateur de :

• *Princesses & Lolitas* - Artbook (éditions BookLight)
• *Cute flowers* - Artbook (éditions BD associées)
• *J'aime* * - Carnet graphique (éditions du Poisson borgne)
• *Fly for fun* - Bande dessinée (éditions Foolstrip/Gala networks)

Auteur de :

• *16 histoires de belles princesses* - Recueil jeunesse (éditions Hemma)
• *Toujours près de mon coeur* - Album jeunesse (éditions des Samsara)
• *Rêves de lapinou* - Album jeunesse (Chouetteditions)

Illustrateur de :

• *Un conte pour la Lune* - Album jeunesse (Chouetteditions)
• *Mon amie, Honorine la souris* - Album jeunesse (Chouetteditions)

Du même illustrateur :

Illustrateur de :

• *Savoir tout faire sur Photoshop spécial BD* - Manuel (éditions Oracom)

Coloriste de :

• *Marie-Lune* - Bande dessinée (éditions Vents d'Ouest)
• *La Rose écarlate* - Bande dessinée (éditions Delcourt)
• *Un prince à croquer* - Bande dessinée (éditions Delcourt)

Dépôt légal : octobre 2013
ISBN : 978-2-36750-013-3

© **2013 Univers partagés éditions**
20 rue du Maine - 44000 Nantes - France

Conception graphique : Rosalys

www.univers-partages.org

www.ingramcontent.com/pod-product-compliance
Lightning Source LLC
Chambersburg PA
CBHW042320250626
47164CB00016B/39